U0059153

名流詩叢
32

阿根廷詩選

Anthology of Argentine Poetry

我們聲音隨意失詞，
尋求晶體對稱性，
對沉默威脅，
堅持呢喃，
細語。

生活
是恐怖饗宴。

〔阿根廷〕里卡多·盧比奧（Ricardo Rubio）◎編選

李魁賢（Lee Kuei-shien）◎譯

《阿根廷詩選》序

里卡多・盧比奧
Ricardo Rubio

現時阿根廷詩

　　此冊現時阿根廷詩人選集，旨在突顯不同風格潮流，共享詩性空間。我著重西班牙語文美學，避免明顯盎格魯撒克遜印記的詩人存在，因為與我們的特異質無甚相關，更不用說我們的感性觀察方式。雖然在某些詩中會發現其他浪漫語言風格的筆觸，但離我們的存在和情感方式並不太遠。

　　常言道，每十年就有藝術特徵和主題的重點，呈現每一新世代提倡的變化和形式。於此，美學可歸納五個時期，加到當前階段。

　　中央大都會布宜諾斯艾利斯，對詩壇餘事更加關注，有各種各樣觀點，其中最大量的流派和潮流，融入外國詩裡，受到注目，也仍然與最傳統部分調諧。

　　此零落組合並不以現有詩壇自居，更不是美學的整體範例，只是透過24位活生生的聲音，奉上南國的抒情景觀。

　　環繞這些詩人所產生的歷史、社會和文化脈絡，

有種種風貌，是我們的社會歷經60年的政治風潮所賦予，不僅影響文化環境，也波及家庭書桌。

新浪漫主義詩

諾貝爾托·巴林德（Norberto Barleand）是布宜諾斯艾利斯最具代表性的海口人聲音*，一切微分化風格的創造者，甚為趨近探戈詩人，以動情和浪漫的語氣，關心加強情緒和深情表現。懷舊為其主調。

紀列默·皮立亞（Guillermo Pilía）是略帶新浪漫派色彩的詩人，關切敘說方式；他用明確無誤的文字，填充所有意義空間。儘管他不躲避描述性傾向的困境，但他偏喜過渡場景，更勝於言辭閃亮。

*我們常稱墨西哥市民是「海口人」（porteño）。

前衛派詩

70年代前衛派成員艾篤瓦多·達爾特（Eduardo Dalter），日常生活部份在尋求普世性，在某些書中也算是表現主義者。他的直接語言赤裸裸，刻意挑逗。

魯本・巴爾塞羅（Rubén Balseiro）是一位內省詩人，根據自己從現實摘取的理念來經營詩，面對不可避免的主觀主義。處在80年代新前衛主義中，聲音堅定而清晰，沒有空思夢想。

　　荷西・埃米利約・塔拉里科（José Emilio Tallarico）以智性敏銳建構平凡辭彙，他是神經質的偶像型人物，文字有非凡的堅定性。其詩在目前，是前衛新浪漫主義尚未達到的階段。

眩暈詩人

　　歐瑪爾・曹（Omar Cao）表現反抗性的詩，具有表現主義筆觸的挑戰性，在最嚴厲的言辭轉折時刻加強；時而匠心獨運，時而是最低限度的大作家，處處顯得敏銳又綜合性。

　　維多利奧・韋羅訥塞（Victorio Veronese）是具有挑戰性的詩人，無視極限意義所在。身為偉大劇作家，詩介於民俗和激情之間。擅於分析然後傾聽內心指揮，而不是停留在所謂高雅的壁壘。

極簡主義

阿瑪迪奧・葛拉維諾（Amadeo Gravino）是極簡主義詩人，強調阿根廷傳統，雖然納入大量超現實主義詩句；他明確無誤的聲音來自矚目於現實景觀的熱情描述。

歐爾嘉・雷妮（Olga Reni）也是凝視現實的詩人，採取具有客觀視野的鏡頭；在帶有溫和而平靜花腔女高音的綜合詩中，呈現對歷史和繪畫的熱情。

嚴謹或哲學性學者

歐斯卡・德・吉爾登費爾特（Oscar de Gyldenfeldt）是玄學詩人，傾向於造景，是現實的智慧，並為感官提供超然調諧。也衷情於繪畫，在詩中出現極佳視覺美感的意象。

卡洛斯・恩立克・博貝格立雅（Carlos Enrique Berbeglia）是哲學性和民俗詩人，批判人類行為；以現實主義方式探究現實，不接受想像世界。植根於人類學實況，勤勉、提示和聚精於存在問題。

霍格・歐斯卡・巴哈（Jorge Oscar Bach）是充滿敏感、內在充實而煩惱的詩人。其工作方式就像離鄉背井的人，思考難以捉摸的事物，內省，同時以忍受和軟性反叛，突發試圖摘取內容。

存在論潮流

路易斯・勞爾・卡爾沃（Luis Raúl Calvo）是非常慎思的存在主義詩人。他的詩超越同世代的主調，推進到前衛，與較年輕世代（90年代）的美學並駕齊驅。他憑藉豐富言語，陳述存在的戲劇性質。

朱立奧・貝樸列（Julio Bepré）是追求結論的詩人。面臨時代環境，摘取所感受的抒情性。所描述和分析的艱難道路，引導他走向寡言且淒美語調的表現主義詩篇。

畢翠姿・阿麗雅絲（Beatriz Arias）結合先知先覺和冷靜存在主義視域提升，操練反應，以精細琢磨的詩情加以昇華。詩作往往簡短，卻大大把握到美感。

蘇珊娜・拉邁頌（Susana Lamaison）是「血肉」

詩人。她直接，而不過是未滿足的慾求，藉根本性提升其呼籲和悲情。呼喚和懷舊，經常與命運對峙。

　　陸渝士‧貝尼特斯（Luis Benítez）是詩選裡唯一接近盎格魯撒克遜邊界的詩人。此詩選裡的詩篇，是他最高的本地風格。大部分作品都以細心的口語體，在接近披頭式存在主義的氛圍進展。

印象派潮流

　　拉斐爾‧阿貝托‧華斯克茲（Rafael Alberto Vásquez），禮讚詩人；憑他歲數，跨越不止一個詩的流派，主要立場是懷舊的印象主義。主導一條安全的無縫路線，以其理念和完美氣質令人驚歎。

　　雷諾瓦‧茅維馨（Leonor Mauvecín）代表科爾多瓦省的詩印象主義。她構成狂熱詩學，遵循嚴謹的言辭關懷和審思地理。偏喜涉入感情事務。

　　馬利亞‧阿美麗亞‧狄雅姿（María Amelia Díaz）傾向以長詩蓄積意義，達成擁有非凡活力。始終由現實主義和世俗立場，從事概念性和印象派作業。

表現派詩歌

　　馬科斯・奚爾伯（Marcos Silber）從願意接觸讀者親密性格的敏感基礎開始。詩篇所擬遊戲，以對話筆觸或反覆方式，避免讀者疏忽，並強調對訊文的理解。

　　安德列斯・巫特洛（Andrés Utello）是理想型詩人；表達對事物的玄學理念。所見莫非跨越夢想達到理想化，得以進入每個主題的熱情核心。他的文字，非常細心，避免物質世界不平衡。

　　阿曼達・拓瑪麗諾（Amanda Tomalino）將現實轉化為思想，並通過充滿美感和夢想景觀的形式類比，傳達意義。她也可以在喜悅的段落中，表達自己的正面和熱情，轉化為意想不到的隱喻。

　　李魁賢老師建議我整合這群詩人；基於禮儀和承諾，我無法表達對拙作註記。

目次

拉斐爾・阿貝托・華斯克茲
Rafael Alberto Vásquez

　　1930年生於布宜諾斯艾利斯，當前阿根廷詩壇台柱之一。出版詩集《風的真相》（*La verdad al viento,* 1962）、《每日賭注》（*Apuesta diaria,* 1964）、《生命與鬼魂》（*La vida y los fantasmas,* 1968）、《皮膚與快樂》（*La piel y la alegría,* 1973）、《布宜諾斯艾利斯有太陽》（*Hay sol en Buenos Aires,* 1975）、《記憶柵欄》（*Cercos de la memoria,* 1992）、《沒有和平記憶的網站》（*Ese sitio sin paz de la memoria,* 2007）和《詮釋與肖像》（*Explicaciones y retratos,* 2011）。此外，有為布宜諾斯艾利斯市政府教育局編《60年代詩壇》（*Ciclo de Poetas del 60,* 2003）小冊。散文集有《桑托羅報告》（*Informe sobre Santoro,* 2003），附紀錄片和詩選。

地方
Lugares

這地方是為
幽幽的記憶才華而存在：
身體活生生在場
得益稀少卻損失健忘。
實際上是沒有
假線索、背叛、恐懼酸味，
時間惡夢限制
機會再來，再來。
有些地方保留陰影，
真空中無法停駐的足跡，
一點點都沒有，
像是被不存在的雨水洗刷
成為無法判讀的軌跡。
然而還是有。
因為不好好管理記憶
甚至也不會忘記。

三姐妹
Tres Hermanas

疾病留在記憶中有害
因為從童年起隔離才會壯大。
等
生命螺旋一路不停後，
距離變啦，
愛情可以在另外城市、另外彎路
或出乎意外失望。
三姐妹沒有契訶夫、俄羅斯或想像力。
三姐妹和距離。
三姐妹和孤獨。
有人開始對生命
說再見時
另外有人好像要試圖
謊言談愛。
殘酷生於內心，
傷害到不公平的事，
反正無人
知道如何閱讀未來。

手
La Mano

手，伸出。
為了掌握另一隻手
或是夜晚要出來講故事時
可以快樂的姿態
自稱囚犯。多麼簡單
可以改變童年餘燼
夠從陰影旅行到神祕之境。
我自願被引導。幾乎感覺不到
沒有信心的戰慄，
或許不足以預料，
為何從忘卻中抹消之故。

你我手牽手，散步。

家譜
Genealogía

父親沒有說過他父親或祖父的事
而我對沉默沒有追究的好奇心。
我不知道如何去調查陰影或幽魂
因為忽視我們的儀式已夠啦。
那裡有太陽。
難以和我交談
也許就是這些話
在我寫作中甦醒的道理。
黎明時死亡把他帶走，
沒有告別也沒有解釋，
我甚至沒有過經驗。
回到另一時間不再相稱：
變成從來沒有目擊者。

歐爾嘉・雷妮
Olga Reni

　　1931年生於布宜諾斯艾利斯。作家、詩人、翻譯家和散文家。義大利語老師，研究英語和神話。Tan Telmo歷史研究委員會主席，在文學、歷史和造型藝術方面學術淵博，具有關鍵地位。出版眾多詩集、小說和故事書，以及從義大利語翻譯書。出版詩集《沉默的眼睛》（*Los ojos del silencio,* 1979）、《祕密石頭》（*La piedra secreta,* 1981）、《馬戲團燈光》（*Luz de circo,* 1994）、《焚毀的花園》（*El jardín quemado,* 1986）、《半透明時刻》（*Hora translúcida,* 2003）、《早期地球》（*Tierra primitiva,* 2004）、《舊經紗》（*Antigua urdimbre,* 2008）、《關於愛》（*Del amor,* 2009）、《突變》（*Mutaciones,* 2011）、《失重》

（*Ingravidez,* 2012）、《空檔》（*Interregno,* 2014）、《土地》（*Terra mater,* 2015）、《*Gironautas*》（2017）、《變形》（*Transfiguraciones,* 2018）。小說有《神佑》（*Providencia,* 2007）、《房子》（*La casa,* 2016）、《瞬間》（*Instants,* 2016）。另有文學論文集和阿根廷歷史著作。

水星
Agua estrella

天使之淚
在湖上
這來自地球的水
翠綠
平靜
有青蛙唱歌
在天空下。

高處之淚
越過鳥類的
空間
滑過樹葉
花卉
樹木
成為希望。

在其濕地
晶瑩
天體無盡眩暈。

那是水星。

純潔
獨特且全然
人之淚。

他者
El otro

發現自己。

游泳到隱蔽處
有船長
法官
或城市建築師
稍微眼花撩亂。

以赤裸的內部
展現妳自己。
我會在其中翻找
必須保存的東西
剩下的無所謂。

不是世界的骨架
在節日裡燦爛
也不是日常桌子
用紙鋪蓋

也沒有加速建設
巨大牆壁。

我想要妳真實。
在句子裡
有真正的判斷力。

讓我們看看妳是誰
在妳心中是什麼樣的
男人
妳的人性
和清醒在哪裡。

在那深坑裡
我要看得到
這嚴重的痛苦在我們周圍。

福音
La palabra

長時間紡絲最後
繫於書面福音。

黑暗，從存在的深處
隨血液根源
朝光的方向溢流。

在那些
青春期心思不寧中
偷偷摸摸。

初次失戀，
生命強烈打擊。

或許
在數世紀灰燼中
帶著歡樂形象
組成淚

遺忘

從海的深淵
地球和人類
在滿盈海洋中
非常清晰
且深奧神祕。

這個福音
通過詩人的
眼睛。

美麗
可怕
袒露
　　福音就此誕生。

馬科斯・奚爾伯
Marcos Silber

　　1934年生於布宜諾斯艾利斯，阿根廷重要詩人之一。出版詩集《火山和顫音》（*Volcán y trino,* 1958）、《光之邊境》（*Las fronteras de la luz,* 1962）、《自由》（*Libertad,* 1964）、《恐懼總結》（*Sumario del miedo,* 1965）、《她的》（*Ella,* 1968）、《西方故事》（*Historias del oeste*）、《戰後》（*Dopoguerra,* 1974）、《影子和麵包屋的錐形》（*Cono de sombra y casa de pan,* 1985）、《介詞和禮貌》（*Preposiciones y buenos modales,* 1991）、《關於主船火災的新聞》（*Noticia sobre el incendio en la nave mayor,* 1998）、《詩全集》（*Suma poética,* 1999）、《活石》（*Roca viva,* 2000）、《Doloratas》（與

Carlos Levy合著，2001）、《第一人稱》（*Primera persona,* 2004）、《口對口：復活筆記本》（*Boca a boca: cuaderno del resucitado,* 2004）、《驚悚片》（*Thrillers,* 2005）、《連續低音》（*Bajo continuo,* 2008）、《頭、身和四肢》（*Cabeza, tronco y extremidades,* 2010）、《應召》（*Convoked,* 2010）、《下船》（*Desembarcos,* 2015）、和《飄浮空中》（*Levitaciones,* 2016）。詩獲選入阿根廷、法國、委內瑞拉、哥倫比亞、祕魯和古巴等國多種詩選集，並為多種報章雜誌撰稿。

寓言
Alegorías

我一寫到「他們」
同胞的肖像就出現。
我若說「失敗」
是因為我們錯身而過沒有看到。
我點「火」，回到
洞穴去恢復我的影子。
我複製「離開」而他們聽到
被遺棄狗的黑色狂吠。
我強調「遊戲」而顏色消褪
用更多顏色勝過霧。
「桌子」洩露崇高的瓷器花園。
「夢想」指點快樂跳舞的巨獸。
提供「紫丁香」寫進詩裡。
我寫「有軌電車」時震動來啦
浪潮情緒不會讓路。
「祖父」現身可以發現
他聲音有未知面孔。
如果我繪出心愛人的名字

敵人會投降；
即：寂寞、焦慮，
而頑固的燈
照亮我出口的門。

緊急情況
Emergencias

如果燃燒復起，
如果烽火
還擊我的胸腔，
打電話給「急事」
也打電話給親人
沒人比得上他們對
凌亂捷徑的淵博知識。
如果損失依然在
告訴我兒子或同學
（那些消防專家）
如果鞭打不停止
召喚我隱形的媽媽
隨時準備幫忙。
如果燃燒復起，
如果烽火
還擊我的胸腔，
須知：這主題沒有刪除，
文字的貪婪司爐並沒有放棄。

須知，
我內心的激情
下令抵抗。
不會發生失明。

我這一代最壞的人
Los Peores Hambres de mi Generaión

我這時代的人盲目走路；
在黑暗中沉寂的景觀。
老人獲救而小朋友
高唱禁歌。
有人說：
「必須有點不良
以後才一定會好。」
我這時代的人更加目盲；
男人白天在沙灘上打鬥，
女人揪住他們的衣服
他們撕破胸前，然後玩耍
把小伙子挺為英雄。
有人說：
「幾乎大家都不相信手足情誼」。
我這時代的人盲目走路；
被煙火迷惑。
有人說：
我這時代的人盲目走路；

黑白事件被引爆。
強力占據教堂正殿的寶座。
他們勝利而傲慢
我這一代最壞的人。

維多利奧・韋羅訥塞
Victorio Veronese

　　1938年生於布宜諾斯艾利斯。詩人、小說家、散文家和劇作家。國際西洋棋大師，阿根廷國際西洋棋聯合會主席。出版著作甚多，近年有詩集《愛與權力》（*Amor y poderío, 1982*）、小說《棋師》（*El profesor de ajedrez, 2013*）、短篇小說《神的同在》（*La presencia de Dios, 2015*）、詩《不要沉默》（*No al silencio, , 2015*）、論著《特拉克爾》（Georg Trakl, 2016）、劇本《Ysé和酒醉計程車司機》（*Ysé y los taxistas borrachos, 2016*）、短篇小說《幸福》（*La felicidad, 2017*）、《索羅卡的女孩和女神凱撒的乞丐裝扮者》（*Las muchachas de Soroca y Los cartoneros de la diosa Caissa, 2017*）、論著《安東寧》（*Artaud*

Antonin, 2017）、兒童劇《莎莎 - 音樂傳奇》（*Sissa – Leyenda musica,*2018年）。有幾部劇作已經首演過。

卡達克斯[1] Cadaqués
懷念詩人約爾格・史墨林[2]

虔誠之鳥不斷歌唱說睡覺的人冷漠這並非事實。
虔誠之鳥唱歌時，根本無人睡覺。
說曾經是美男孩頭下的石頭是引導他雙手的風之
玫瑰也並非事實
甚至說鳥群閃亮是微風搖曳且變成不能遺忘的歌
也非事實。
一切都是詭計，直到你詩人之心發出奇妙節奏。
你再也不在任何門廊下戴白髮。
我們再也不到醫務室看病經過黑暗長廊弄得疲
憊，不會看到丟在公共通道大堆垃圾的注射器，
也不會聽到阿喀琉斯的馬嘶鳴、呻吟、哭叫、馬
蹄猛踹我們城市瀝青地面。
如今你已經不與我或他人同在，詩將何往，趨向
完美嗎？朝向非深淵嗎？走向沒有年齡的語言童
年嗎？
如今把那些從未接近單手戴手套的人獻給你的地
獄之火。
如今他們願意陪西莉亞一起去尋找雅各博・費基

曼[3]遺忘在波爾達[4]一面牆上的那條腿，並且把鮮花扔到海裡來紀念你為樹所做彌撒。

在我們這個小而遼夐的宇宙間大小城市生活軌道上，我沒有看到任何招待所，在你痛苦自殺的床邊。

如今他們都提到你的名字，邀請你參加他們的節慶、美容院，成為良好習慣

你一如往常表現自己是反社會動物

你從他們奪走我的存在，以免太刺激他們。

如今你永遠離開的這些好人會變怎麼樣？

如今你永遠離開他們，誰會關心你的悲傷、你的眼淚？

當他們聽說你的死訊時，他們問我：

「怎麼啦，到底怎麼回事？」

他們非常忙於官僚事務，非常忙碌。

你以為我必須確認服藥過量，或者你已厭倦，非常倦於等待上帝的訊號？

我把告訴他們的話都說啦，他們的定論是服藥

過量。

我，為了不行神蹟、沒有訊號、沒有神的冷漠。

你說：今天在卡達克斯有集會嗎？如果卡達克斯
漁民不知道我們，他們會怎麼說我們？

註[1]：卡達克斯（Cadaqués），西班牙赫羅納省的城市。
註[2]：約爾格‧史墨林（Jorge Smerling, 1957~2014），阿根廷詩人，因服藥過量致死。
註[3]：雅各博‧費基曼（Jacobo Fijman, 1898~1970），猶太裔阿根廷詩人。
註[4]：波爾達（Borda），精神病醫院。

朱立奧・貝樸列
Julio Bepré

　　1940年生於科爾多瓦省（Córdoba）。詩人、小說家、劇作家、翻譯家和散文家。法律系畢業，曾任布宜諾斯艾利斯大學文學和法哲學教授，擔任過阿根廷詩基金會祕書長，指導該機構出版業務，整合不同文學出版品的編輯委員會。出版詩集《初年》（*Año del inicio, 1972*）、《白天和警告》（*El día y la advertencia, 1974*）、《接近的痕跡》（*Rastro de la proximidad, 1981*）、《爆裂或夢想》（*Ráfaga o sueño, 1984*）、《堅持》（*Persistencia, 1985*）、《生於遺忘》（*Nacer del olvido, 1988*）、《世界延遲》（*Demora en el mundo, 1990*）、《短詩選集》（*Antología breve, 1991*）、《海是一種渴

望》（*El mar es una sed,* 1993）、《口傳》（*Palabra de mi boca,* 1993）、《有日必有夜》（*There is no day without night,* 1996）、《過度行板》（*Andante immoderate,* 2002）、《影子到期》（*Caducidad de la sombra,* 2005）、義文本《無法企及的根》（*Arraigo Inasible,* 2006）、義文本《義大利瞬間》（*Instante Italiano,* 2007）、《訝異措施》（*Medidas del asombro,* 2015）、《疲勞原因》（*Reason for fatigue,* 2016）等。在國內外刊物上發表戲劇、散文和評論研究，也翻譯出版上世紀和古典的義大利詩作。

解決疑慮
Duda Resuelta

黑色是迄今困住我的疑慮，
但值此黃色秋天，萬事強烈，
因為我可以氣喘這麼多年，
對不同原因有上千問題。

今有不安的記憶在我血中蔓延，
我看到奇怪的意象越來越近。
我也以驚人的冷靜建立
驅策日日夜夜的動機。

現在我可以自言自語而無憾，
儘管我的不良結論鮮能持久。
我只是以為光與影在糾纏
因為你終於回來，瞪著我看。

如果我離開或已死去無關緊要。

這些字
Estas Palabras

這些字結果是僅僅
混亂的符號
寫在廢紙上
與我的存在隔離

很長時間
無任何
不吉利慾望。

當人民穿過
潮濕的街道時，
會踩到這些字上面
無動於衷又急急忙忙。

詭論
Paradoja

我要逃避，卻在等你
你像某些事
始終令人害怕
從某天下午痛苦的
邊緣呼叫。

但你的步伐
　　　　繼續
迎上前來。

在這寒冷的角落
你會突然發現
我清醒的眼睛。

還有其他的東西：
遙遠的聲音，
孩子們的遊戲；
或許是街上
搖晃的枯葉。

如今你的步伐
和我一起啦。

為了等你，
我不得不離開。

諾貝爾托・巴林德
Norberto Barleand

　　1942年生於布宜諾斯艾利斯。詩人、小說家、散文家。出版短篇小說和詩集《烏托邦預兆》（*Presagio de Utopías*）、《下午的灰燼》（*Cenizas de la Tarde*）、《一包六個》（*Seis son una jauría*）、《傀儡謠言》（*Rumor de marionetas*）、《男人結局》（*Finalmente el hombre*）、《記憶中的決鬥》（*Duelo en la memoria*）、《燭台和黑暗》（*Candiles y penumbras*）、《在歌曲邊緣》（*Al filo del canto*）、《風爪》（*Garras ndel viento*），散文集《昨天和今天的探戈，以及永遠的詩》（*Tangos de ayer y de hoy y la poesía de siempre*）。「那月亮文學社」和阿根廷詩基金會會員，美洲詩協會共同創辦人，朝

聖詩社（Peregrina）同仁，合著《根‧基》（*Raíz, Fundamento*），做為保護文化遺產計畫的基地，也是聲稱關心市民的探戈計畫民間協會成員、機關報紙《愛跳探戈》（*Protango*）編輯委員、「詩三月」和「女詩人」社務委員、「和平詩人協會」（Asociación Poetas por la Paz）創辦人，策劃文學競賽、電台詩節目，還有詩獎、詩選等。

回歸於人
Volver al Hombre

1.

然後
唱歌,
愛,
詩都有可能。

在許多事當中,
這是完整的夢想
有天鵝的風景。

在平靜的下午,
所有的愛撫
都可能直跳起來。

飛入
有希望的蔚藍
細語的華麗天空。

那是全部空間，
書頁，
嘴唇
風的旋律行過之處。

那是陰影，
當然，
充滿於
未來
盈盈笑容中。

2.

存在之美，
在原初幻想中，
是拋開恐怖、
火焰、
粗麻布和灰燼。

皺紋自負，

醜態。
劣跡的殘酷面膜，
懶於瞞騙
和喧赫。

回歸於人，
只要恢復到
溫柔的千年根源、
悲淚深處、
渴望的露天。

回到驚訝、
寂寞、
時間。

決然
永遠回到
崇高、傑出
又極大的熱烈。

卡洛斯・恩利克・博貝格立雅
Carlos Enrique Berbeglia

　　1944年生於聖路易斯省梅塞德斯鎮（Villa
Mercedes）。1970年畢業於布宜諾斯艾利斯大學哲學
系，1974年獲布宜諾斯艾利斯大學哲學暨文學系人類學
學位，1977年留學馬德里康普頓斯大學哲學暨教育科
學系，1986年獲文學博士學位。在多所大學任教過，
出版多種哲學和教科書式人類學著作，涵蓋整個文學
寫作領域：故事、小說、戲劇、散文。出版詩集《月
亮爆炸》（*Ráfagas de luna*）、《夜景與人》（*Tardes
en el paisaje y hombre*）、《無神之火》（*Fuego sin
dioses*）、《下午可能昏暗》（*Tarde crepuscular
posible*）、《公開通信》（*Correspondencia
abierta*）、《在模型內持續》（*Continuidad en los*

modos）、《讚美詩時刻》（*Las horas del himno*）、《時間啟示》（*Revelaciones del tiempo*）、《兵馬俑與花粉》（*Los terracota y polen*）、《啞劇與沙漠》、（*Pantomima y desierto*）、《遠近》（*Proximidades lejanas*）、《無聲的黑暗和你的光亮聲音》、（*Penumbra sin voz y luminosa voz de vos*）、《限制時間的日出》（*Amaneceres vedados al tiempo*）以及《隱藏和摺痕》（*Veladuras y pliegues*）。

詩第33首
XXXIII
獻給雙親

如果我夢想的國家
就像我所夢想，
其幾何形狀，雨中，
在河流的邊緣，
就不會有礙
其人民和城市的希望
提高到歷史的層面
不會珍惜文件中
不幸的往例。
朝向無停滯風景的
窗台會開啟
說不停的客套話
和恐懼，在難進入的墳墓裡凍結，
將宣告邪惡到此為止
而開朗的歡笑聲
會在各個嘴巴和心靈內持續不斷。
正義，神聖的正義，
像繭一樣在真實中保暖

又高雅又年輕，與美合一
統治人獸界
無場所、無權杖、無王冠
佔領遺忘及其死亡的執拗奉承
且就此中斷。

意象變奏曲
Variaciones de la Imagen

當微弱光線到達鏡面
是什麼在反射
瘋狂四散？
在使喚暗中邪惡僕人時
如果他的呼吸給沾上憂鬱
不透明的青銅器上
是什麼在閃爍？
看來似乎是實體
在眼淚之間經水性稀釋
是沒有數字的數學
或滅絕宇宙中分解的原子。
小小錫兵，用道具槍
而不是聖火，保衛
庇護我們的悲傷城市，
搞破害的間諜假冒我們的語言時
即使有良心渴望的節奏存在
很像問題未解決的下午。

阿瑪迪奧‧葛拉維諾
Amadeo Gravino

　　1945年生於布宜諾斯艾利斯。詩人、文學評論家和劇作家。出版詩集40餘冊，包含《布宜諾斯艾利斯互聯網絡》（*buenos aires-internet*, 2000）、《類蕭邦夜曲》（*Como un nocturno de Chopin*, 2001）、《秋之探戈》（*Tangos de otoño*, 2001）、《不足一首歌》（*Apenas una canción*, 2001）、《衰亡編年史》（*Crónica del crepúsculo*, 2002）、《愛與城市》（*Del amor y la ciudad*, 2003）、《畢翠姿變奏曲》（*Variaciones sobre Beatriz*, 2004）、《悲傷天堂》（*Paraísos de la tristeza*, 2004）、《議程說明》（*Notas de agenda*, 2005年）、《特洛伊傳奇》（*Leyendas de Troya*, 2005）、《愛在飛翔》（*Amor en vuelo*, 2006）、《工作手冊》

（*Cuaderno de trabajo*, 2007）、《記憶的明信片》（*Postales de la memoria*, 2008），是極簡主義重要詩人。二十多年來，與詩人路易斯・勞爾・卡爾沃（Luis Raúl Calvo）共同協辦布宜諾斯艾利斯最重要的文學咖啡館「安東尼奧・阿利貝蒂」（Antonio Aliberti）。有幾部劇作已首演過。

午場戲
Juega la Tarde

他注意到：
陽光落在樹枝上
空氣帶來香味、歌聲

海洋擁抱河岸

漁民日日
與船為伍；
海知道他們，他們是朋友：
愛撫他們，是他們心中的果實

大海需要被愛，
男人需要而且喜歡

當網路進入他們水域時，
海洋盈滿愛情：
滿滿向東流

貓和天使
Gato y Ángel

他知道：
到達時，貓會喵喵迎接他，
貓是否會用仰望天空的眼睛
等待觸及他的心靈？

貓活潑，整天動不停，
挺著耳朵、貓鬚和鼻嘴到處逛；
夜裡，是否會以感情的溫暖
庇護你安居？

貓自由自在，選擇做他朋友，
不戴口罩，與聰明人交談，
與月亮戀愛過生活
自得其樂玩耍或曬太陽睡覺
聽小天使在耳邊歌唱

雨的奇遇
Aventuras de la Lluvia

他看到：
雨水淋到身上
心靈、幽魂
在星光下落到
泥地、草坪和石街上

噴茉莉花香味
雨有宣紙皮
蜂蜜唇，笑聲喚起
悅耳鳥鳴、河流歌聲
和月亮光輝

纖細如小提琴，如蘆葦
雨是愛、是光、是魔術

艾篤瓦多・達爾特
Eduardo Dalter

　　1947年生於布宜諾斯艾利斯。詩人、文化研
究者。自1971年起，在文化領域展開長期工作。從
1994年到2002年，主導國際發行的詩刊《胭紅簿》
（*Cuaderno Carmín*）。2004至2005兩年間，籌備舉
辦布宜諾斯艾利斯哲學文學院及其他機構之拉美詩研
討會。參加世界各地論壇、論文發表和讀書會，為加
勒比海詩專家。出版詩集《口哨》（*Silbos*, 1986）、
《蘆薈葉》（*Hojas de sábila*, 1992）、《潮汐》（*Mareas*,
1997）、《送給朋友的紐約明信片》（*N.Y. Postales para
enviar a los amigos*, 1999）、《空口》（*Bocas baldías*,
2001）、《死亡市場》（*El mercado de la muerte*, 2004）、
《道路圖》（*Hojas de ruta*, 2005）、《遺忘之歌》

（*Canciones olvidadas,* 2006）、《給艾略特兩支菸》
（*Dos cigarrillos para Eliot,* 2015），另有散文集、研
究著作和詩選，如《哈林：歷史的藍調》（*Harlem: los blues de la historia*）、《加勒比海風》（*Viento Caribe*）、《馬坦薩市詩選》（*Poemas de la Matanza, 1970~2015*）等。

冬季筆記
Notas de Invierno

進來
直到你床上，

你皮膚，
緊張，打橫，

他們在那上面
踩過，

他們破開
你的鎖，

事實是，
手，聲音。

*

至於每個親吻

風吹了又吹，

把沙地挖一個一個坑，
似乎，愈來愈用力；

是潮濕的風，挖坑，
在寫、寫、寫。

*

讓光進來，
讓進來，

等待其舒適，
等待開啟旅行箱；

不要扔掉；
吃掉；

任其在房屋周圍散步。

*

這些年來
標記的愛情。

然則
飛吧，回來吧。

溫暖如是；
測試如是。

好記性、韌性
且食肉動物。

給出這小時的

時間。

*

我正在尋找美；
電力是美；

手在另一手中
之美；身體在另一

體內之美；文學
有別於其他之美是文字;

文字找你，也找我。
黑暗不屬於我們。

*

沒有人穿衣、在家鄉、有根。
狼的沉默喧嚷衝過這些街道。
恐怖把門撞倒，透過窺視孔探看。
死亡衝擊，從通向外界的門
從內在的眼，把我們從別處流放
我們是孤獨的人，在角落匆匆一瞥
就像風堆積的傷心樹葉一般。

馬利亞・阿美麗亞・狄雅姿
María Amelia Diaz

　　1947年生於布宜諾斯艾利斯。詩人、小說家和散文家。圖書館學出身。出版詩集《超過瀝青一百米》（*Cien metros más allá del asfalto*, 1997）、《開啟天堂》（*Para abrir el paraíso*, 2003）、《祕密形式》（*Las formas secretas*, 2007）、《躲在夜裡和其他陰影中的女士》（*La dama de noche y otras sombras*, 2008）、《為該隱辯護》（*Para justificar a Caín*, 2011）、《外國人到戶外》（*Extranjeras a la Intemperie*, 2015）、《小選集》（*Pequeña Antología*, 2016），短篇小說《放肆女性的來歷》（*Historias de mujeres desaforadas*）。曾擔任S.A.D.E（阿根廷作家協會）西區副會長和會長、文學咖啡室「詩人之家」和「外國人到戶外」聯

絡人。詩被譯成義大利文、英文和加泰羅尼亞文。編
輯文化雜誌《Sofos》（1998～2000年），合編出版過
四本散文選集《詩人論詩人》第一集（2011年）、第
二集（2014年）、第三集（2016年）、第四集（2017
年）。

遺跡
Reliauia

就近紙筆
以及藉符號記錄一切的這部電腦，
我們搜索
掩埋在遙遠國度的迴聲。
我們的手努力，
在大腦指揮下張開嘴說話，
在紙的硝石留下黑螞蟻的印記，
一再承續下來，
一再攪動古井而不見我們放在裡面的月亮映照，
我們的小小黑社會比陰間還要恐怖，
在午夜的骨頭之間尋找隱藏燃燒
聖奧古斯丁在此尋找安眠：
那感覺出現在詩的零碎之間，
緊張又神祕。

爆炸
Estalla

膨脹著，
身體的宇宙是伸展四肢的巨人，
以不雅的打哈欠姿態伸展。
並且有藉血液本質衡量的英雄距離，
我們即使在夢境的叛亂領域也未曾走過，
夢境裡奇異的細胞群在手腕中調適。
還有黑洞喔
見證我們無能為力的地獄，
黑色的陰影洞吞噬一切
真笨，
像故事中的狼。

身體的宇宙
在如何閱讀中調適動脈和靜脈，
器官及其生存歲月，
以及時間規律？
是什麼清醒的困倦會使你揚起臉
那朵我們所愛的內心小花？

在這個正在崩解的流浪身體裡
就像一把思索在我手指之間燃燒嗎？

我被棄滿懷自出生以來就不知
身在何處的憤怒，
象形文字寫在陌生文字的卷軸圖面
使我們迷失在濛霧中。

複述
Recuento

藍色花瓶裡的花卉
太陽下一組瓷磚，
明亮夜晚，從此在記憶中閃耀。
禁忌娃娃閉眼的睫毛
加酸味的洋玉蘭香料
用手指比劃空氣的某種手勢
看看
轉動不停的自行車車輪
當廣場朝反向轉時，從旋轉木馬發出笑聲
一月樹木的綠蔭
祖母和她的獨特故事
開創身體的愛撫
在任何秋天都會吱吱響的金色樹葉
四海歸一
藐視的眼光

維瓦爾第將春天帶回世界
兒子對我們首次和永遠擁抱尖叫，

夏娃眼睛發現的山脈
有一天，我們在無人街上從無助中拯救出那隻貓
的溫柔
晚上餐桌上一切美滿
新年餐桌遜色啦

這些只是恢復記憶的線
　　　　　用來縫補旅行損壞的這件衣服。

蘇珊娜 · 拉邁頌
Susana Lamaison

　　1947年生於布宜諾斯艾利斯。文學學士，語言、文學暨拉丁語文教授。俳人，阿根廷東西研究學會會員。擔任中學和大學教職、主辦文學研討會和讀書會等多年。目前在莫隆（Morón）大學專職文學校對。出版詩集《為了天堂分支》（*Por la Rama del Paraíso*, 2002）、《會下另一場雨……》（*Caerá otra lluvia...*, 2007）、《俳句為生》（*Haiku para la vida*, 2011）、俳句集《鳥怎麼跑掉》（*Como se van los pájaros*, 2011）、《遺忘與記憶》（*de olvidos y memoria*, 2012）、《及時文字》（2017），合著討論Mauricio Dayub演出《業餘》的散文集《保密》（*Mantener el secreto,* 2011）、合著《荷西 · 馬丁涅茲 · 巴吉耶拉，友人書簡》（*JoséMartínez-*

Bargiela，*apostillas de los amigos*, 2011）、莫隆大學文學學位論文《關於安東尼‧迪‧貝內代托的沉默男人和自殺》（*El silenciero y Los suicidas de Antonio Di Benedetto*, 2015）。

問題
Pregunta

兄弟，你為什麼要如此
默默離開？
你在笑
唱歌、打諢，
念詩、
宗教、領導。
我不想讓你走
沒有求你
從另外空間
給我發訊號，
告訴我
如果你發現父母，
若是在
白色的木桌上
還有地方
可以找到彼此。

質問
Cuestionamiento

話語從血紅河流揚升
又是小菖蘭的黃色豔光
八月結束強風灰濛
險惡如常
我看到神和人類的
冷酷。

在你香骨內已告安全
而你的海洋瞭望
漂浮在船桅上。

為什麼留住想離開的人？
為什麼噤聲想說話的人？
為什麼迷惑想記憶的人？

混合笑聲和淚水
　　掌聲和歌聲
　　祝福和告別

努力、怨嘆……

為什麼？

自由在哪裡？

經由窗口
A Través de la Ventana

從所有窗口
我失去太陽和天空

光線
是父親的擁抱

樹枝謠傳
媽媽的歌聲

雲的軌跡
兄弟的笑容

他們總是在那裡
我顯露只想探望他們

好讓我生活的困難地面
不會太冷漠、太沉默、太苦澀……

歐瑪爾・曹
Omar Cao

　　1948年生於布宜諾斯艾利斯。詩人、小說家、劇作家和散文家。出版詩集與Hugo Enrique Salerno合著《二合一》（*Uno de dos*, 1974）、《從月球和其他事項移民》（*Emigrado de la luna y otros asuntos*, 1976）、由Graciela Favot 插圖長詩《只有大象……》（*Sólo los elefantes...*, 1986）、《盲人的棍棒和其他議題》（*Palos de ciego y otras yerbas*, 1996）、假想在8100年編選完成的詩筆記《普世詩選》（*Antología poética universal*, 1998）、《奧麗安娜幻影》（*El Fantasma de Oriana*, 2002）、《我會殺你拉米雷斯》（*Te mataré Ramírez*, 2002）、《南方之歌》（*Cantos del Sur*, 2004）、《流浪漢》（*El Linyera*, 2011）和

《居留的國家》（*El País de las Estancias*, 2017）。詩被選入多種選集，尤其是勞爾‧古斯塔沃‧阿吉雷（Raúl Gustavo Aguirre）的《阿根廷詩選》（1979）和里卡多‧盧比奧（Ricardo Rubio）選註《朝向新千禧年詩篇》第四卷（2001）。與文學團體「月亮那是用瓶子割下」創辦者詩人雨果‧恩立克‧薩勒諾，推展目前的「月亮那是」（La Luna Que）。

歌曲
Canción

我們移動，
比較接近陰影，
觸及最亮區域時
有時造成我們困惑
但密集核心
在震動
黑暗輝煌部分的地方
都是孤立兀自
呻吟，呻吟，
呻吟……

無題
Intitulado

他們說那冷淡
是死亡屬性
及其封閉；
深層關懷依然
衝破你皮膚
他們說那是熱和生命
他們弄錯了
我發現在喜歡的鏡子裡有三股白繩
他們說如果你唱歌忘詞
就摘一朵花
他們說個不停
你反而沉默。

關於疼痛
Del Dolor

頸背受到
棒傷的地方
夢不來時
話像星星傷到我。
剩下我；我留給你
有時會增加我的恐懼
真的
我的絕望，
若某天我們為某事
慶祝，我會送你
——可能的話——
釘在刀上的心。

我為露地定義
Defino los Abertales
給里卡多·盧比奧

我們來發明奇妙東西，
詩性的交響行動，
帶有功利主義事務
下過太多工夫在上面

凶險開闊地是我的黑色香菸。
地開闊，眼中充滿驚奇，
粉飾開闊地是我不敢親近的唇，
我不容許的旅行距離，
詩的深井
指甲的黑色哀悼
清晨的清晰咳嗽
慾望的慾望
最低詭計
夜晚的尖叫
渴望
人馬座
信仰

即

我

精明戰士，乾淨指甲和牙齒

我將開闊地定義為裸露高跟鞋

輕敲地球的臉

不休止。

荷西・埃米利約・塔拉里科
José Emilio Tallarico

　　1950年生於布宜諾斯艾利斯。詩人、醫師。出版詩集《主人和證人》（*Huésped y testigo, 1986*）、《*Siglonía*》（1988）、《顫抖的空間》（*Ese espacio que tiembla, 1993*）、《駕駛和逃生》（*El arreo y la fug, 2000*）、《因此》（*En consecuencia, 2005*）、《升降機》（*Andariveles, 2006*）、《你相信遠眺及其他詩篇》（*Creés mirar lejos y otros poemas, 2011*）、《鑄造與我同在》（*El enroque es conmigo, 2016*）、《三十年代詩集》（*y Poemas de la treintena, 2018*）。2002～2004年間，與人合辦「狂人與繆斯」詩活動迄今，也是「阿根廷與法國」詩旅視訊會議成員。詩被譯成葡萄牙文、加泰羅尼亞文、義大利文、法文和荷蘭文。

胖子動機
Los Motivos del Gordo

談到要節食
亮晶晶寒性沙拉、
雜碎內臟後,
飲食營養師對胖子說:
「別忘記,要做愛,多做!」
當然,舊甜點不見啦,
我幻想熱鬧庸俗的嘉年華,
無法搞清楚
女同志呀,痴迷於熱量
有多少吻
在妳嘴裡焚燒。

司機
Automovilista

那個男人開快車。
又順、又靈活,
副手是小鬼;
後座載有折疊輪椅。
老闆:你知道旅行的隱喻核心嗎?
不。一聲鬼叫和怪異閃躲
讓他疏遠。
那就是新版的俄狄浦斯,
給我們留下痛苦發明監獄、
狗、證人、他的搖籃和墳墓。

求職面談
Una Entrevisa de Trabajo

我想越過豬欄。
和牠們一起吃掉時代精神，
連同我擄獲的分量，
我原本忠誠型的窮苦。
沒用啦：真相，像冷玫瑰，
從我嘴裡流出血來。

反思
El Reflejo

箱子大量增生，小盒子，
丸劑、泡劑、滴劑、片劑，
顏色、優雅明亮的字，
到達視網膜絕望的
倦怠臨限值。
在同一器材內聚集
如此可怕的商業路線
令我在反思中訝異。
我患了黑水熱，
急病，如果你願意，
在無聊的完美環境中
窺探人物薪資。
我伸長脖子當面觀察自己：
──「醫師，我看到小聖物啦，
在靠近你肩膀的
藍色溶解中沒什麼稀奇，
你的搶答遊戲多麼有利於光明
同時又阻擾、又使詐。」

雷諾瓦・茅維馨
Leonor Mauvecín

　　1950年生於科爾多瓦省（Córdoba）。詩人、小說家。現代文學系畢業，擔任語言和文學教授。智利瓦爾帕萊索（Valparaíso）普拉雅安察（Playa Ancha）大學教育管理專家。主持「講故事大鼎」和「動手寫作」文化系列，經常指導文學課程和文學工作坊。出版詩集《艾麗屋》（*La Casa del Aire*, 1996）、《傍晚足跡》（*La Huella de la Tarde*, 1998）、《蛇皮》（*La piel de la serpiente*, 2000）、《木箱》（*La caja de madera*, 2005）、《愛與死之屋》（*La casa del amor y de la muerte*, 2008）、《艾琳娜的書》（*El libro de Elena*, 2011）。

母親呀，妳會在水中讀我嗎？
¿Acaso me leías en el agua? Madre

火花細線或許會阻礙
邁出女孩的步伐
在空中寫作吧？
俱樂部之王
會玩
金
杯？
生命樹火燒。
異教徒發抖，一手
——好手——
把我的牌順手
丟在桌上。

我的母親
Mi madre

在房子的每個空間
來來往往奔命。

他的父母，
父母的父母，
在忘情的旅行中
遭遇海難。

倖存者
回來找我
祖父母對我耳語。
其遺跡
在我血中搜尋。

眼睛的顏色，
外表
和步行編織成故事
穿過房子的四周牆壁。

滿山金合歡和百香花
Donde las sierras se visten de espinillo y pasionaria

地下冒出墓穴。
小教堂
白色圓頂
──蔭蔽的教堂是山──
怪哉，以善變的型式在等我。
我到底在找什麼？──搞不清楚。
我回顧過去
挖掘祕密
從有人留在墓碑上的
乾燥花要找出什麼？
夜晚寫作的意象？
我的肖像？

畢翠姿 · 阿麗雅絲
Beatriz Arias

　　1951年生於布宜諾斯艾利斯。布宜諾斯艾利斯法蘭西聯盟、阿麗西雅·莫洛·戴·游絲朵博士（Dra. Alicia Moreau de Justo）高等教育學院第一研究所畢業。法語和語文教師、「詩人圈」（El Círculo de los Poetas, 1970~1974）共同創辦人。曾擔任「圓環」（El Círculo）文學咖啡館聯絡人，目前是同名電台節目聯絡員。入選阿根廷最重要選集《阿根廷當代詩》第1卷第18章，阿根廷詩基金會2011年出版。出版詩集《鳥在跑》（*Pájaro en fuga, 2007*）、《國際象棋一號》（*Ajedrez 1, 2012*）、《柔軟細雨》（*La llovizna leve,* 2015）。合編Bastión Alerta選集《詩人圈》（1971, 1972, 1973）和《十步》（1980）。

我看到秋天微弱的樹木
在孤獨難耐的街上
而遠方，老舊的港口
被巨大的海洋謠言衝擊。
我看到女人在花叢中打轉，
孩子們在後院打開月光，
十月眼中永不停的雨
從我熟睡的手中放縱啦。

我在秋天流淚，
不知道是否幽靈痛苦的起源，
不知道是否某樹的乾燥巔峰，
不知道是否單獨與我對話的街道。
我在秋天流淚
泉水乾涸，
悲慘潛入心靈裡。

不知道是否高牆的乾燥外皮
或者用心學習的道路，
蒼涼。

下雨前
把握白天
入夜前
牢記你的話
回歸死亡。

這象牙葉及其沙地手杖
知道橋梁飛行的傳說
漩渦、造成銀燕子
高空分飛。

沿穿過夥伴月亮遊戲的城市
到處是街角和門戶，
而玩撲克牌之苦在於追求
高塔之夢並從中醒來。

沉溺在鏡子眼裡的男人，
面對天空的男人，
在你的故事習慣文字
和無限中航行。

永遠上升的牆
提醒我們
日日與死亡鬥爭。

歐斯卡 · 德 · 吉爾登費爾特
Oscar de Gyldenfeldt

　　1951年生於布宜諾斯艾利斯。作家、塑膠藝術家、散文家和教師。曾在布宜諾斯艾利斯大學（UBA）和國立大學藝術學院（IUNA）教授哲學和美學、在國立拉費爾 · 赫南德茲（Rafael Hernández）學院和國立拉普拉塔（La Plata）大學教哲學。與愛蓮 · 奧莉薇拉絲（Elena Oliveras）合著《當代藝術問題》和《極端美學》論著（2008）。出版西德雙語版詩集《在世界生活》（*Habitar el mundo / Die Welt bewohnen*, 2014）（附有畫作照片）、西德雙語版《天空與地球》（*Cielo y Tierra / Himmel und Herde*, 2015）《簡單如遊戲》（*Simple como un juego*, 2016）、西義雙語版《渴望天堂》（*sed del Paraíso / Sette del Paradiso*, 2017）。

誕生
Nacimiento

太陽的
第一縷曙光
在地平線上逡巡
滑動
在我家
窗戶後面。
這使我怕怕
在我過日子時
會遭遇到，
那是所有故事的
夜間
庇護所
只有在那裡
生產工作。

與事物關係
Relación con las cosas

事物
都
一直在那裡
出現
鴿子振翅
桌子靜止不動
孩子笑聲
呼叫我們的話。

素描
簡單而
新穎
在我心靈內
抱持希望。

我的心靈爆炸
Mi alma estalla

沉入
黑暗中
我呼吸光
其他雜項反思
時間溢滿
我心靈。

沉入
黑暗中
我心
開啟光明⋯⋯

而我的心靈
爆炸。

會話
Conversación

關於回憶
小事情
都排除了。

以心碎的儀式
停止願望，
不留情。
過去
來自童年。

來自那遙遠國度
看到傳來
故事和幽魂。

父子對談，
話融解
在青銅時刻
又獨特又精彩。

里卡多 · 盧比奧
Ricardo Rubio

　　1951年生於布宜諾斯艾利斯。程式設計師、電腦科學兼英語文法教授、詩人和小說家,出版散文、戲劇和翻譯書,超過35本。劇本在阿根廷和西班牙首演過。曾擔任共同創辦的美洲詩協會首任祕書長(1999~2002)、阿根廷作家協會OB會長(2007~2010)。論其詩作的書有葛拉西耶拉·馬圖洛(Graciela Maturo)著《啟示詞:里卡多·盧比奧之詩旅》(*La palabra revelatoria: el recorrido poético de Ricardo Rubio*, 2004, 2015)、霍格·歐斯卡·巴哈(Jorge Oscar Bach)著《關於里卡多·盧比奧》(*Acerca de Ricardo Rubio*, 2016)。出版詩集《亦步亦趨》(*Pie a pie*, 1979)、《突然的村莊》(*Pueblos*

repentinos, 1986）、《花的物語》（*Historias de la flor,* 1988）、《樹與鳥》（*Árbol con pájaros,* 1996）、《模擬玫瑰》（*Simulación de la rosa,* 1998）、《夕陽顏色》（*El color con que atardece,* 2002, 2003, 2014）、《三元音》（*Tercinas,* 2011）、《英雄–卡爾米娜》（*Hero-Carmina,* 2017）。作品被選入多種西班牙文和其他語文選集。

沒有英雄日期的跋涉
Un periplo sin fechas heroicas

首度嘗試強烈熱情，
需要空氣、慾望；
那只是誘餌，虛彈的隱喻。
我為什麼要在腳上
　裝置矛和盾呢？
為什麼每隻手上都有夢想鉛筆？
如果正確的事情與人無關
　我心中在戰時尋找什麼星星呢？

那漂移的一部分安撫死亡、
母親的哭泣、怨言、折磨、
男人對躍入難言池塘的
　兒童暴怒、
陸上船長或水手的
　詩歌。

各血統和歷史表皮
都會孵出英雄

諺語公開尋找感覺。

這片段給我們直覺啟示，
看看廢墟手中生死，
是否在連串機會之間，
繃緊其性能，
其祕密本質，
其失聲。

迷宮
Laberinto

在叢林之齒
這場前哨戰中
我們呢；
在無限距離中
肉身算什麼。

摩擦、情感
這對心跳兄弟，
暈眩
以流血銼屑鑄造，

我們聲音隨意失詞，
尋求晶體對稱性，
對沉默威脅，
堅持呢喃，
細語。

生活
是恐怖饗宴。

返回
De Regreso

你們都看到我回到水線之間，
只是，
願望不過是要捨棄
　　水滴中之一滴。
那是探測和沉默，
離開深邃門檻
　　邁不動的步伐。

我放棄堅持
　　這房子的木料，
　　口袋裝滿意外的東西。
我會擺脫衣服、心跳
為了分散。

我會輕鬆
　　與霧交談。

阿曼達・拓瑪麗諾
Amanda Tomalino

　　1952年生於科爾多瓦省（Córdoba）聖馬科斯山區（San Marcos Sierras）。出版詩集《咒語和激情》（*De sortilegios y pasiones*, 1998）、《箭頭日曆》（*Calendario de flecha*, 2001）、《狼的眼睛》（*Los ojos del lobo*, 2005）、《晝夜平分線》（*Equinoccial*, 2007）、《無限的身體》（*El cuerpo infinito*, 2010）、《迷宮之島》（*Thesión, la isla del laberinto*, 2012）、《母親的筆記本》（*El cuaderno de mi madre*, 2014）、《鏡中某處》（*Un lugar en el espejo*, 2015）、《整夜在外》（*Toda la noche afuera*, 2015）。參與阿根廷國內外詩會、詩選和文學活動。

宣告夢想
El Anuncio de Los Sueños

宇宙在你肩上跳舞。
我把日子順序混淆啦。
只有我的手倖存
指向夜收縮的
正確地方。
陰影和星星就在那裡消耗掉。
拉緊的線支撐我；我的手擠壓世界。
我像石頭慢慢墜落。
慢慢進入事物空虛內，
我加以擁抱、分開。
我進入神興高采烈而沉默的黑暗中，
在那裡遺忘天空和地上的風，
遺忘我的脈搏和宣告夢想。
我是充滿輕快老歌
和白色船隻的港口。
我倖存在真空中，
思想已滅
而旅遊
沒有我們。

天堂就位
El Cielo en su Lugar

天堂是小孩，
一絲蜂蜜，
透露的福音。
這是行動遲鈍的小馬
在地上沒有影子。
天空穿織蜜蜂的聲音，
蘆葦長袍
是從空中垂下的光線。
天空緘默此項深沉欲望
成長在
你眼睛初望之處。

迴聲
El Eco

這是真的。
閃電不會持續那麼久。
然而迴聲使其更為真實。
介於傾盆大雨之間
在漫長寂靜街上，
介於數世紀陰影之間跳舞
直到天亮。
下雨一直下到
蘋果樹枝上，
迴聲，
霹靂閃電，
使你的胸膛
更為真實。

傳記
Biografía

1.

從那以後我重複
類似懷舊的話。
熱忱，
奉獻，
茂密，
開放永恆，
火。
話像汗水又魯莽，
在表皮伸長且下雨的地方。

2.

每個人都是夏天，
空地上零零落落碎片。
有小蒼蠅
或昆蟲，
占領世界。

3.

我如今帶著新鮮死亡。
設想我沒有船隻，
在汗濕的石頭基盤上，
畫成懶惰的圓形蝸牛。
雨中一匹馬亂闖奔過地面。

路易斯・勞爾・卡爾沃
Luis Raúl Calvo

　　1955年生於布宜諾斯艾利斯。詩人、歌手兼作詞者、心理學家。出版詩集《痛苦的辭職時間》（*Tiempo dolorosamente resignado*, 1989）、《助產士報喜》（*La anunciación de la partera*, 1992）、《亞洲街道》（Calles asiáticas, 1996）、《低階心靈基金》（*Bajos fondos del alma,* 2002）、《流浪美女》（*Belleza nómade,* 2007）、羅馬尼亞文詩選《這裡沒有，那裡也沒有》（*Nimic pentru aici, nimic pentru dincolo,* 2009）、英文詩選《世俗的箴言》（*Profane Uncertainties,* 2010，美國）、法西雙語《短詩選》（*Breve Anthologie,* 2012，法國）、葡西雙語《另外黑暗》（*A Outra Obscuridade,* 2013，巴西）、羅阿雙

語《現實生活及其他》（*Viata reala si alte poeme/Jeta reale dhe poem tjera,* 2015，羅馬尼亞）。譜成民歌的作品有《經驗真相是什麼？》（*¿Cuál es la verdad de lo vivido?*），為自己作詞作曲的音樂專輯，其中包括由Gustavo Adolfo Bécquer譜曲的詩歌第75首〈他演奏時真的夢想…？〉（2011）。

現實生活
La Vida Real

現實生活是腐化的
聖職。
在繁華城市裡，
成千上萬信徒把生命投入
救濟他們焚燒的肉體。
對葬禮盛饌的虛假施捨，
新宗教秩序的
日子即將到來。
我們一切交到眾神手裡，
全部留給上帝、復活節四旬齋
和聖經福音關懷。
我們又聰明又純潔
而天堂地面是
我們最有價值的財產。
但是你否認教條和習俗，
選擇盲人的自由
超越在智慧許諾的
王國之上，

你今天漫步
走過黃昏濃霧，
在莫名的宴會上
晃手、低頭，
雙手交纏搖搖擺擺。

世界狹隘
La Estrechez del Mundo

在萬事限制下，我崇拜的妳，
在當今鐵的鹽分還沒腐蝕掉
精子的韌帶時，走向我，
蒼白、空靈，抬起被
海峽映紅的眼睛。
受責難的愛情、世界狹隘
加深暴行的海洋，
光在周圍搜索
而焦油地層
還沒有終止奴隸身分。
世紀末的美麗女主人呀，
妳的眼睛陷我於深淵
我無法擺脫，被貪婪硬化症作祟
吹口哨，把永恆的真理
吹入我的頸背。
最後一次親吻絞架的巫師，
為自己的劊子手鼓掌，
破碎頭骨隨死馬狂野奔馳，

而在雜種矮人的假裝跛行累積恐怖。
世界這種凶惡前景
正是妳臀部的水所反映的憤怒。
今天在城牆倒塌時
臥室則在充分光線下
顯示毛織品厄運。
親愛的，我們加入無人的火災地區。

第一首
I

時間經常
把我們的記憶
變成他人的記憶；
把我們的觀點變成他人的觀點；
把我們的疑慮變成他人的疑慮。

家家戶戶都擁有特定的日常儀式，
從虛無創造自己的幻想。
傍晚時，家家戶戶
發明自己祕密的怪物。

從這些可憐的救濟品，
我們來到這個世界
與生命簽署奇怪的協議。

魯本 · 巴爾塞羅
Rubén Balseiro

　　1955年生於布宜諾斯艾利斯省的阿韋亞內達
（Avellaneda）。作品獲選入許多選集，與阿根廷國
內外媒體的報刊雜誌合作。出版詩集《地方和遺忘》
（*De lugares y olvidos*, 1989）、《最親密的沙漠》
（*Los desiertos más íntimos*, 1998）、《破碎的投手》
（*Cántaros Quebrados*, 2005）、《遺體》（*Despojos*,
2007）、《像鳥》（*Como los pájaros*, 2015）。大教堂
文化中心第一屆全國詩會共同策畫人，1996至1997年
間S.A.D.E大眾閱讀、1998至1999年間「詩人」文學咖
啡室、2000年阿根廷詩基金會文學咖啡室等策畫人，
阿根廷詩基金會理事（1989~1995）和祕書（1996～
1998），詩刊《文聯》（Nexo Literario）和《遍地》

（Aquì y Allá）主筆小組成員，新聞報（La Prensa）撰稿人，在國內外各種文學出版物發表作品。

而我們要幹麼
Y qué hacemos nosotros

你今天不是寫這個
也不是以沉默掩飾
艱苦夜裡的獨白。
這是你未說過、莫名的事，
某些未完成的姿勢，
看吧，
在棄兒哭聲中
不斷流淚的造型。
也許是那祈求的手，
每人，某天，
掉到坑裡的男人破衣服，
我們去翻尋死者眼睛。
那麼多事沒做，那麼多事放棄，
困苦生活所得那麼少，
那麼多哀傷睡眠，那麼多死亡，
雙手間那麼多破碎的幻影。
而我們要幹麼？
我們還在寫關於愛情和夢想，

我們還在夜裡給紙花澆水，
我們還在說毫無意義的空話。

好日子
Es un Buen Día

你會說，這是好日子，
適於生活的日子。
方便睜開眼睛和開門的
日子
讓探望出來，
讓夢想來到家裡。
你會說，這是好日子，
天高，氣爽
滿天陽光和鴿子，
方便放開手的日子
讓群鳥飛翔，
你會說，像平常的日子，
適於生活的日子。
但是，戴灰帽坐在廣場
長椅上的老人怎麼想？
伸手乞討的
孩子怎麼想？
你會說，那是像平常的日子，

像昨天，
也許像明天，
適於雞啼的日子
汽車隨風疾馳，
風迎接你
當作旅行未完的遊客。
如今這些話成為耳邊風，
還有其他機會，
另外有海或鐘聲
或者有夢起飛
在高峰會議上演說。
粗聲尖叫，
你的、我的、
以及不斷旅行偷渡者
被遺忘的名字。
粗聲尖叫，
也許有誰會聽你的，
來接見你，口渴，

準備繼續，
繼續串聯挑戰。
最後，
你會說，這就是生活，
或者你會笑，閉上眼睛，
在陽光下放鬆自己。

未知
Incógnita

全部是瀑布，
這些事從不確定地方落到別地方，
也許彼此較少神祕感。
在此二未知之間擺蕩的男人
還在搖擺中追求希望。
生活在此二未知之間進行，
明白開始，不理結束。

陸渝士 · 貝尼特斯
Luis Benítez

　　1956年生於布宜諾斯艾利斯。拉美詩學會紐約分會、美國國際作家協會、希臘世界詩人協會、印度詩歌出版顧問委員會、社會主義作家暨阿根廷作家組織（SEA）、阿根廷詩人協會（APOA）和阿根廷筆會等會員。在阿根廷、智利、法國、義大利、墨西哥、羅馬尼亞、西班牙、瑞典、英國、烏拉圭、美國和委內瑞拉等地，共出版36本詩集、散文和小說。近年出版《陸渝士 · 貝尼特斯短詩集》（*Luis Benítez: Breve Antología Poética,* 2008；英譯本，2013；法譯本，2014）、《曼哈頓之歌——西洋詩五首》（*Manhattan Song. Cinci poeme occidentale,* 2010；羅馬尼亞文本，2013）、瑞典文《白令及其他》（*Bering*

och Andra Dikte, 2012）、《大象之夜及其他》（義大利文*La Sera dell'Elefante e Altre Poesie,* 2012；西班牙文*La Tarde del Elefante y Otros Poemas,* 2014）、義大利文電子書《文字和日子》（*Las Palabras y los Días,* 2015）、羅馬尼亞文《鐵詩》（*Poemul de Fier,* 2015）、義大利文《談龐德》（*Lascia che parli Ezra Pound,* 2016）。

布宜諾斯艾利斯的蒼鷺
Una Garza en Buenos Aires

用畫筆快速畫出字母S
又淺又白
在栗色水上突然
成為蒼鷺，
遊客沒有看到
蒼鷺把每人每事都迅速看在眼裡，
而對水的奇蹟靜立不動。
一面鏡子在無所謂的
城市中間，繪成透明，
一個開口的鈕孔，即刻扣住
冬天穿上的全部衣服。
蒼鷺仍然在亞馬遜要命的河岸，
傲慢的腿曲折在身上，
似乎在說我持久的側影
可以達成平衡
而持久絲毫不加以承認。
蒼鷺是耐性的魚叉只在乎
在家鴨嬉鬧大叫聲中的算計，

唯有自己像在顯示優雅舒暢的
日本花園裡精準如小巧鐮刀，
以東方的平常心對餓昏的蒼鷺
進行的粗暴殘殺毫無所悉。
都跑光啦，但總之我什麼也沒看到：
我相信，事物之間一秒即逝；
在後續瞬間裡
被血淋淋跳躍而過，
當蒼鷺飛走時
池塘又失去另一個生命。

採珠漁夫
El Pescador de Perlas

今天晚上和部分夜間
我再度潛入茫茫大海裡
我們生命和東西在那裡漂浮。
我沉下去採珠向靠近海岸
都會害怕的男人炫耀。
今天晚上和部分夜間
我在那沉默、在那深海當中
無限樂趣的就是會溶化
而我知道所有道路上
有令人恐懼的怪物。
我游到無愛無恨的地方，
妳只是漂浮在永恆的現在
妳關注的一切都是妳的當代：
由波浪從那邊帶來的別無其他。
我採到此珠，現在獻給妳。
但是我想回來的時候，
在海岸上看不到任何人。
我看不到海岸。全部是海。

那些連海岸都害怕的人
不知道他們走在海上。

任性的旅客，逆河而上
El Extravagante Vianjero, Río Arriba

那時我看到因工業

和痛恨生計所賜的油膩水中，

正在航行逆河而上：

不可能的鮭魚，

勇壯的怪物

添飾綠色和紫羅蘭色，

橘色和紅色，

這身制服只想借給

不計代價要複製的熱心者。

奇異的虹影在

廢河的垃圾當中，

像男人頑固

在找路時說道

「我是你的命」，一副

天真又頑固相信的才能，

繃緊筋肉的痛感

在嚴苛基準下，

過量荷爾蒙

瞬間氾濫腦際。
那張開想要呼吸的嘴
還有一些末日可期，
保留最後音節
給那些即使因自己愚蠢
也不容許挫敗的人
甚至到碼頭邊
還是不止步，永遠不為
任何事停下來的人。

紀列默・皮立亞
Guillermo Pilía

　　1958年生於布宜諾斯艾利斯省的拉普拉塔（La
Plata）。畢業於人文教育科學學院文學系。現為古
典語言和文學理論教授、馬德里西班牙美洲優美文
學研究學院會員。詩被譯成英文、葡萄牙文、希
臘文和義大利文。出版評論集《西班牙靈性的超
越》（*La trascendencia en la espiritualidad hispana,*
1999）、《安達盧西亞，既遙遠又親近——安達盧西
亞拉普拉塔地區移民的回憶》（*Andalucía, tan lejana*
y cercana. Memorias de los inmigrantes andaluces de la
región de La Plata, 2002）、《拉普拉塔卡斯蒂利亞
人》（*Los castellanoleoneses de La Plata,* 2005）、
《布宜諾斯艾利斯省作家詞典——殖民時代和19

世紀》（*Diccionario de escritores de la provincia de Buenos Aires. Coloniales y siglo XIX,* 2010），故事書《海斯派瑞斯之旅》（*Viaje al país de las Hespérides,* 2002）、《尼亞姆國家休閒日》（*Días de ocio en el país de Niam,* 2006）、《塔拉韋拉早車》（*Tren de la mañana a Talavera,* 2009，馬德里），詩集《砷》（*Arsénico*）、《第N次凱旋》（*Enésimo triunfo*）、《我們的河》（*Río nuestro*）、《我們的河/夜獵人》（*Río nuestro / Cazadores nocturnos*）、《記憶的骨頭》（*Huesos de la memoria*）、《狼風》（*Viento de lobos*）、《群島旅遊》（*Visitación a las islas*）、《格爾尼卡馬》（*Caballo de Guernica*）、《弗拉門戈歌劇》（*Ópera flamenca*）、《水傷》（*Herido por el agua*）、《我希望那時只有你所愛》（*Ojalá que el tiempo tan sólo fuera lo que se ama*）、《蘭波的腿》（*La pierna de Rimbaud*）。

霧
Niebla

凌晨上方是不透明玻璃：
我們在天地之間的模糊地區
躊躇走路：所以我們相信
死者也在走。

或許霧也會散布蔓延
越過田野和運河，直到
滿佈青苔的童年牆壁，
於玩具和蘭波香火之間。

神的煙霧如同潰瘍
難以感受痛苦：傳播福音奇蹟的
雲翳眼球，或許是
早晨和生命受傷的眼睛。

夜獵人
Cazadores Nocturnos V

我把獵物吊在樹上，
加以剝皮。

把牠們切成四塊，
從屍體取出藍色器官。

我準備舉行草地宴會，
像野人一樣吃人肉。

我拉出最有勁肌腱
製弓弦，製箭頭
削尖最堅硬的骨頭。

可以實施困擾我的法律啦
每個人都參與
鄰居的死亡。

奇蹟
El Milagro

父親對我說過，祖父有一眼、
一再流淚流不停，結果
曾祖父狠狠打他一頓。
那時他可能八歲或十歲
就帶著這烙印活到七十幾歲。
我從未料到輕微的錯誤
會引起持續如此長久的懲罰
和記憶：然而，受傷的眼睛
並沒有使他變殘忍或憤恨。
今天在我眼睛因疲倦而流淚時
——就像今天早上一樣
似乎是我小時候聽到的
祖父的故事翻版——我想到奇蹟
父親沒有遭遇過同樣命運，
我有健康的眼睛而我孩子的
眼睛更健康；這奇蹟
是我祖父傷痛的童年
已留在他的島上，而帶到

這裡來的，無怨，含水的眼睛
如今可能容易一掬同情之淚。

安德列斯・巫特洛
Andrés Utello

　　1962年生於布宜諾斯艾利斯。詩人、卡斯蒂利亞語和拉丁語文學教授。1992年起住在科爾多瓦省聖馬可山區。自1997年起，在該省組織詩人暨作家會議。專業為指導在監禁情境下人民的文學工作坊。出版詩集《身體之間》（*Entrecuerpos,* 1984）、《誠實》（*Lunario,* 1986）、《太陽之舞》（*La danza del sol,* 1990）、《霹靂閃電》（*Relámpagos,* 1996）、《基本葉》（*Hojas elementales,* 1998）、《強水》（*Agua fuerte,* 2002）、《杜松樹》（*Enebro,* 2005）、《曼陀羅》（*Mandala,* 2010）、《隱士詩和其他咒語》（*Poemas del ermitaño y otros conjuros,* 2014）、《老虎在佛陀夢中》（*Tigres en el sueño de Buda,* 2017）。

被照亮的
El Iluminado

父親常出去買香菸
幾乎不再回來。
生命毀掉他，把他變成動物。
他常逃過查票員
但不再是矇蔽
妻子眼睛的那個人。
他常在到達十字路口之前變成他人，
他已經放棄自己。他可以忘記。
我父親會瞬間忘記
把我們與事物聯合的
全部巨額債券，他常把自己
送去全身電流刺激
到不可抗拒的漩渦
把他曳過宇宙的
深區。
我父親放棄自己。
會像聖人忘記
苦難疼痛
　　　　成為最黑暗的叛徒。

我兒子推開夜
Mi Hijo Apura la Noche

我兒子推開夜
因為天亮時
他母親會回來。
我看著他，想到
我明白這可能是在
創造宇宙，
去要求白天
走開
在胸部還沒有到
太痛苦的時候。
帶著充滿希望的夢
進入夜境，
進入女人，
進入母親。
我兒子騎夜
當做小馬
生於斯長於斯
馬鬃嘶鳴

一直在奔馳。
當他心靈在
懷舊中低沉時
早上呈現出
幸福滿滿。

老虎在佛陀夢中
Tigres en el Sueño de Buda

老虎在佛陀夢中。
河流在下午繪畫
在天空的河岸
萬事總是會再發生。
風培植且弄亂的
蘆葦，
群鳥夜叫聲，
山。
在陰影下
前前後後都是
天堂的河岸。
新織的布
在舊墨水暈染下
產生符號……
音樂和清晰歌詞。
天空的河岸
陽光反射
在思想的

濃霧中，
少數蒼鷺，
旅行。
希望的朝聖者浮華。
天空的河岸
清楚走過的男人
俊俏的面孔。
戰士袒身孤獨
老虎在佛陀夢中。

霍格 · 歐斯卡 · 巴哈
Jorge Oscar Bach

　　1964年生於布宜諾斯艾利斯。詩人、小說家和散文作家。畢業於語言與傳播教學系（CAECE），教西班牙語、文學和拉丁語，巴塞隆納自治大學傳播、文化和教育碩士。曾擔任教育顧問，2001年至2010年為Canal Cl@se.net精心製作教學指南。為中學生創辦文學群組「藝術在你手中」和「人人共享文學」。在散文書《我的電子雞在哪裡》（*Donde quedó mi Tamagochi*）以及合著《老師，我們不瞞您》（*Profe no tengamos recreo*）中傾囊相授。出版詩集《暗街上的茉莉花》（*Jazmines de la calle oscura*, 2012）和《我活著的他者》（*El otro que habito*, 2016），小說集《結束的故事》（*Historias del fin*, 2011），合著散文集

《詩人論詩人》第三卷（*Poetas sobre Poetas*, 2017）。
現任阿根廷作家協會文化祕書。

家鄉
Patria

我要在下午之間
丟掉他們記憶中的故事。
我要你告訴我
我們手中依然值得
保有父母
用泥土和稻草編成
簡單、誠實、聰明的窩。

我不是你的意象
No soy tu imagen

我不是你的意象
更別說
我的純粹意象。
我不透露
軀體變緩慢
也不說
喜歡照鏡的風采。
也許，
創傷會改變
容貌
遮蓋多年
或者壓抑
苦澀的習慣；
但我不會停止
對未來的感覺
一步就夠。

沉默的日記
Diario del silencio

我能記住，
被霧遮蔽的
側影。
眼睛感受不舒服，
那是證人
還是極端恐怖的劊子手。
你會說那是惡夢；
那是沉默
我已習慣於藉此
在鋪滿青苔的
潮濕記憶上散步。

秋季綜合症
Síndrome otoñal
——示女兒

樹葉
把組織的乾燥
傳遞給秋天，
我抱著女兒。
我只能這樣做；
這時，
我身輕如葉。
時間總是
似乎很遠，
失去的心跳
傾注入血液群裡
攝取詩素。
我不要悲傷
也不孤獨
更不用說該如何。
時間趨近來
準備區分，
賦予薔薇樹

給某些東西停棲，
所以並未失去一切。

意志的方式
El camino de la voluntad

把我與意志連結的
血液會用完，
那時我就自由啦。
我受遺傳所困：
儘管我旨在
地球的子宮裡搖籃，
或者在太陽下曬乾眼睛。
群鳥在地平線上激動。
我是錘子
拴在鐵砧上
每一敲擊都變成
呼聲、哭聲、呻吟的迴音。
我在尋找、遵循
爭取加以保存
一次又一次永遠
永遠回到挑戰，
在無盡歲月裡，
在無盡的宗教界內。

無論如何
我不知道何時被捆綁
到普羅米修斯的黑暗岩石，
也不符合薛西弗斯的常規；
也許我確實如此
或者這是祖先的魔法詞
或神的嘲弄，
我不知道；
但在某個時點
某事或某人提供這種血液
我加以譴責。

語言文學類　PG2222　名流詩叢32

阿根廷詩選
Anthology of Argentine Poetry

編　　選 / 里卡多·盧比奧（Ricardo Rubio）
譯　　者 / 李魁賢（Lee Kuei-shien）
責任編輯 / 林昕平
圖文排版 / 林宛榆
封面設計 / 蔡瑋筠

發 行 人 / 宋政坤
法律顧問 / 毛國樑　律師
出版發行 / 秀威資訊科技股份有限公司
　　　　　114台北市內湖區瑞光路76巷65號1樓
　　　　　電話：+886-2-2796-3638　傳真：+886-2-2796-1377
　　　　　http://www.showwe.com.tw
劃撥帳號 / 19563868　戶名：秀威資訊科技股份有限公司
　　　　　讀者服務信箱：service@showwe.com.tw
展售門市 / 國家書店（松江門市）
　　　　　104台北市中山區松江路209號1樓
　　　　　電話：+886-2-2518-0207　傳真：+886-2-2518-0778
網路訂購 / 秀威網路書店：https://store.showwe.tw
　　　　　國家網路書店：https://www.govbooks.com.tw

2019年5月　BOD一版
定價：230元
版權所有　翻印必究
本書如有缺頁、破損或裝訂錯誤，請寄回更換

Copyright©2019 by Showwe Information Co., Ltd.
Printed in Taiwan
All Rights Reserved

國家圖書館出版品預行編目

阿根廷詩選 / 里卡多.盧比奧(Ricardo Rubio)編
選；李魁賢(Lee Kuei-shien)譯. -- 一版. --
臺北市：秀威資訊科技, 2019.05
　　面；　公分. -- (語言文學類)(名流詩叢；32)
BOD版
譯自：Anthology of argentine poetry
ISBN 978-986-326-679-2(平裝)

885.7251　　　　　　　　　　　　108003968

讀 者 回 函 卡

感謝您購買本書，為提升服務品質，請填妥以下資料，將讀者回函卡直接寄回或傳真本公司，收到您的寶貴意見後，我們會收藏記錄及檢討，謝謝！如您需要了解本公司最新出版書目、購書優惠或企劃活動，歡迎您上網查詢或下載相關資料：http:// www.showwe.com.tw

您購買的書名：_____

出生日期：_____年_____月_____日

學歷：□高中 (含) 以下　　□大專　　□研究所 (含) 以上

職業：□製造業　□金融業　□資訊業　□軍警　□傳播業　□自由業
　　　□服務業　□公務員　□教職　　□學生　□家管　　□其它_____

購書地點：□網路書店　□實體書店　□書展　□郵購　□贈閱　□其他

您從何得知本書的消息？

　□網路書店　□實體書店　□網路搜尋　□電子報　□書訊　□雜誌
　□傳播媒體　□親友推薦　□網站推薦　□部落格　□其他_____

您對本書的評價：（請填代號　1.非常滿意　2.滿意　3.尚可　4.再改進）

　封面設計____　版面編排____　內容____　文／譯筆____　價格____

讀完書後您覺得：

　□很有收穫　□有收穫　□收穫不多　□沒收穫

對我們的建議：_____

_____

_____

_____

請貼
郵票

11466
台北市內湖區瑞光路 76 巷 65 號 1 樓

秀威資訊科技股份有限公司 收

BOD 數位出版事業部

⋯⋯⋯⋯⋯⋯⋯⋯⋯⋯⋯⋯⋯⋯⋯⋯⋯⋯⋯⋯⋯⋯⋯⋯⋯⋯⋯⋯

（請沿線對折寄回，謝謝！）

姓　　名：＿＿＿＿＿＿＿＿＿　　年齡：＿＿＿＿　性別：□女　□男

郵遞區號：□□□□□

地　　址：＿＿＿＿＿＿＿＿＿＿＿＿＿＿＿＿＿＿＿＿＿＿＿＿＿＿＿

聯絡電話：(日) ＿＿＿＿＿＿＿＿＿＿＿＿　(夜) ＿＿＿＿＿＿＿＿＿＿＿

E-mail：＿＿＿＿＿＿＿＿＿＿＿＿＿＿＿＿＿＿＿＿＿＿＿＿＿＿＿